夜とぼくとベンジャミン

高階杞一

澪標

夜とぼくとベンジャミン　目次

Ⅰ　土下座の後で

Ⅱ　夜とぼくとベンジャミン

Ⅲ　わたしを流さないで

Ⅳ　歌のアルバム

Ⅴ 雨、みっつよっつ

装幀 上野かおる

I　土下座の後で

山吹

三日尾張にとどまって
そのあと京へ発った
野にも山にも若葉がしげり
全身みどりに濡れるかのようであった
道の辺の花を見ては
殿もいたくご機嫌で
——実のひとつだになきぞかなしき
などと笑っておられたが
内心
それがいかにつらい思いから発せられた言葉であったか
ただただかしこまり

頭《こうべ》を垂れるしかないのであった

　　爺、急ぐぞ

はげしく移りゆく世を
行列は進む
ふりかえれば
越えてきた山なみが見える
国許では今ごろ茶摘みがたけなわであろう

大儀

庭の木に
メジロがいる
一羽　だけかと思ったら
次々とやってきて　五羽、六羽……
まだ年の明けたばかりだというのに珍しい
鳴くでもなく
地面に降りて歩いたり
また枝に飛び移ったりなどして
動きまわっている

たしかあの木はユスラウメ

まだついばむ実も花もないのに
あれはいったい何をしておるのであろう
頭をひょこひょこさげて
何か祝いの言葉でも
述べているかのようにも見える

（また側室の誰かが身籠もりでもしたのであろうか……）

ふと
遠い日の
元服した日のことが頭に浮かぶ
それもこんな春の初めのころだった
大広間に居並ぶ家臣たちの賀詞を受け
胸は気概にあふれていたが

戦国の世から二百年

毎日
食べて　寝て　同じことをして
もうあきた

鶯

声はすれども姿は見えぬ
ほんにおまえは……
と
口ずさんでいると
妻が
「もう下げてもよろしゅうございますか」
と聞く
わたしは咳払いをして
うなずく
妻は膳を片付ける

連れ添って三十年
子もなく
二人きりでここまで来た
声に出さなくても互いが分かる

妻はわたしの湯飲みに茶を注《つ》ぐ
どこかでまた鶯の鳴く声がする
「いい声じゃな」
と話を振るが
妻はまださっきの鼻歌を覚えていたらしく
「さようなものと一緒にされては　鶯が
　かわいそうでございます」
とたしなめるような口調で言う
わたしは黙って茶をすする

明るい庭では

ときおり
ホー、ホケ、キョン　と
若い鶯の
へたくそな声がする

土下座の後で

屈辱に耐えかねて
刀に手をかけ
顔を上げると
もうその男はいなかった
野次馬もあらかた去って
遠目にこちらを見ている者がまだ幾人《いくたり》かいたが……
それにしても
あれしきのことでここまでされるとは
罵られ
足で踏みつけにされ
唾を吐きかけられて

こんな所をもしも妻に見られていたらと思う
あなたってほんとうに我慢のお強いこと
と皮肉を言われ
また当分飯がまずくなる

何はともあれ
一刻も早くここを立ち去ろう
立ち上がり
裾を払い
歩き出したところで人にぶつかった
無礼者
と怒鳴る声がする
見ると
若い男が目を吊り上げて怒っている
その形《なり》と威勢からして
どうやら旗本の身内のようだった

そばには中間《ちゅうげん》らしき者もいる
すぐさま謝るが
聞きわけてはくれない
謝り方が気にくわぬと言ってますます怒る
その怒声につられてまた人が集まってくる
やっちまえ、などと言う
町人たちの囃す声にも乗せられて
男は今にも腰のものを抜きそうな気配に見える
こうなったら仕方がない
一度も二度も同じこと
わたしは地面にひれ伏し許しを請う
この田舎侍が、などと
男は上から罵声を浴びせる
わたしは額を地面にすりつけて
ひたすら耐える

それが
どのくらい続いた頃であったか
目の端に何か
薄桃色の小さなものが落ちているのが見えた
男の足元にも幾ひらか散っている
花だと気づく
どこか近くに桜の木があるようだった
日々の暮らしに追われて忘れていたが
いつのまにかそんな季節になっていたのだ
江戸の春
上野の桜は今が見頃かもしれぬ
久しく行ってはいないが
これが終わったら
ちょっと立ち寄ってみようか
国許を離れて八年
思えばあの出立した日もちょうど今頃だった

お堀の桜が見事に咲いていたが
もういちどあの場所へ
生きて帰れる日が来るのであろうか

未練

電車の中で
若い女が化粧をしている
手鏡を見て
細い棒でまつげをしつこくぬりぬりしている
傍らから見ていた武士は
女の前に立ち
をなご
と呼びかける
女は顔を上げて武士を見る
武士は刀に手を掛け
一瞬にして

その首を刎ねる
首はふっとび床に転がる
女は口をあけたまま天井をにらみつけている
まわりは血だらけ
床に赤黒い血がじわじわと広がっていく
刀を鞘に収めて
顔を上げると
女の胴体から伸びた手は
まだしつこく顔のあった辺りに向かって細い棒を動かしている
何という執念
戦国の世なれば
このをなごもそれなりに役に立ったかもしれぬ
と思いつつ
武士は
未練じゃ　と呟くと
床に転がった女の顔を踏みつける

ぐげっ　という呻き声がして
女の手は下へと落ちる
車内にはもう誰もいない
武士はあいた席に腰を下ろし
目をつむる
若き日
自分がまだ生き生きと戦場を駆け巡っていた頃が
今朝も
よみがえってくる

II　夜とぼくとベンジャミン

清水さん

清水さんを押し倒し
それから
戦場へ行った

帰ってきたら
清水さんはまだ家にいて
おかえりなさい　と
こどもを見せる

その子の手をひいて
堤防へ行く

黄色い花があちらこちらに咲いていて
なんて名前だったか
よく知っている花なのに
思い出せない

土手にすわって
こどもといっしょに
川を見る
戦場にも川はあったが
こんなにきれいではなかったな
茶色く濁って
ときどきヒトが浮かんでいたりして
きれいね
ふりむくと
うしろに清水さんがいた

先生の花

招かれておうちへ伺うと
先生は座敷で花を活けられているところでした
レンギョウ、ユキヤナギ、桃の花……
どれも庭にある花なのよ
もう少しで終わるから続けてもいい
ええ、どうぞ
ぼくは出されたお茶をいただきながら
先生の活けるところを見てました
花筒からつまんだ花の
茎を切り
白い陶器の鉢に挿している先生の

細くて淡い指先を見てました
これじゃだめかしら
小首をかしげながら先生の唇がうごきます
いいですよ、とっても
先生は
うれしそうな顔をこちらに向けます
きれいな人でした
大学を出て
三年ほど前に同じ職場の人と結婚されました
この日、ご主人は留守でした
花はね、挿し方によって変わるのよ
剣山に花を挿しながら
ぽつりとそんなことをおっしゃいました
縁側から差しこむ木漏れ日が
畳の上でゆらいでいました
中学生のとき家庭教師だった先生には

そののちも
いろんなことを教わりました

　花はね、挿し方によって変わるのよ

その意味が分かるようになったのは
それから何年も後になってからのことでした

収穫祭

いちめんに刈り取って
青空
すっきりと見えやすくなったので
遠くから来た人は
一度ここで立ち止まる
荷を下ろし
お茶でもいかが
誘われて
それではと
少しだけ眺めてみたり
さわってみたり

どうですか
すべすべしていて　ほんのり熱くて　いい感じ
よかったら奥までどうぞ
もっといいものがありますよ
こっちこっち
進むほどにまわりが濡れてきて
（何だろう　これは？）
誘われるままさらに
奥へ奥へと進む
もうすこしもうすこし
なんだかすごくよくなってくる
ほらね
ああ
いい声がする
いい声がする
そして

ここで　扉が閉まる

日が暮れて
村中に提灯の明りがゆれて
男も女も
一晩中　踊り狂ってこの秋の実りを祝う
鎮守の森の社の奥には
少女が一羽
籠に入れられ祀られているという
今年も
一番いい声で鳴くものが
選ばれて

夜の訪問者

隣で妻が
新聞を切り抜いている
しずかな部屋に
ハサミの切り裂く音だけがする
時計は一時二十分
お酒を飲みながら待っているのだが
彼はまだ来ない
今日中に来るはずだったのに
何かトラブルでもあったのだろうか
コタツの中で
うとうとしはじめたころ

チャイムが鳴る
妻が立ちあがる
ハサミを持ったまま
玄関へと向かう
扉がひらき
扉がしまる
まもなく
何かの倒れる大きな音がする

牛だった
と
戻ってきた妻は言う

真夜中に

アイロンが向こうの部屋から語りかけてくる
あなたにもかけてあげましょうか　しわくちゃだから
あのアイロン　女の子だったんだと
はじめて気づく

夜とぼくとベンジャミン

夜が来て
話しているうちに
寝てしまった

目の前を魚がちょろちょろ泳ぐ
今日中に仕上げなければならない仕事があるのに
どうしよう
上司や同僚の顔をした
魚が
ぼくの顔や頭をつつく
はらっていると

遠くに女の人が見えてくる

曲がり角に
ポストがあった
手紙を入れると　ペッと吐き出す
無礼なポストだ
口をひろげて奥まで入れる
それでもペッと吐き出す
何度入れてもすぐさま吐き出す
このポスト
この手紙がどうしてもイヤなようだった
あきらめて

駅前に出ると
大きなニンニクのようなおばさんが
手を広げて叫んでいた

ベンジャミンが自転車をぬすまれた　と
悲痛な声で
道行く人に訴えていた
肉は地元で買いましょう
旨いよ、安いよ
大きな声で
チラシを配っている人もいる

ポストを探す
こんな賑やかな場所なのにどうしてひとつもないのかな
薬局に入って尋ねると
ガラスのケースからメガネを取り出す
ほら、よく見えるでしょ
と店員は笑う

店を出て

路地裏に入る
両側に古びた建物の並ぶ石畳の道だった
歩いていると
アパートの階段の下で
小さな男の子が膝をかかえて泣いていた
だいじょうぶだよ、ベンジャミン　って
その子を抱きしめたくなった
でも
手が届かない

何だか遠い所へ
戻っていくようだった
目の前で
こどもが泣いていて
もうこの世の終わりみたいに泣いていていて

Ⅲ　わたしを流さないで

浴室の歌

ゴミ箱に牛が捨てられていた
あふれそうなティッシュの上で
牛は
ぽつんと
横を向いて立っていた

夏の終わり
高原でたくさんの牛を見た
どこまでも続く牧場で　牛は
草を食んでいた

いつか不意打ちのように訪れる死のことなんか
（たぶん）
考えもせず
牛は無心に草を食んでいた
その横で
ぼくはソフトクリームを食べていた
おいしかった

そんなことを　思い出しながら
歯を磨いていたら
浴室から歌が聞こえてきた
さっきまでぼくの隣ですやすや寝ていた女の子
（湯船の中だろうか）
気持よさそうに歌っている

〜花の香り　おちちの泡だち

牛乳石鹸　よい石鹸*
ぼくが教えた歌だった

*三木鶏郎作詞「牛乳石鹸のうた」より

わたしを流さないで

やさしい出会い
わたしをトイレに流さないでください
毎度ありがとうございます

新鮮素材を一挙大放出！

ほんだし　かつおとこんぶのあわせだし　２５８円

モモバラ切り落とし　１９８円

全身のあちこちが痛くて痛くて
もう何をするのもイヤ。

お葬式は急にやってくる。
5万円からの格安プラン
お電話ください。

「早く相談しておけばよかった……」
なんてことにならないように。

地元の漁師が丁寧に一本釣り！

ナースの現場をのぞいてみませんか？
未経験でも大丈夫！

じっくり焼き上げたお肉

極上３種盛り合わせ

まずは体験してください。
出会ったときがチャンスです。

ご納得のいくまで、
見て、触れて、試してください。

からだは、嘘をつかない。

家事との両立もできますよ。

毎週金土はショータイムやってます！

一味違う！
外はサクッ、中はもっちり。

道具も何も必要なし。
いつでもどこでもできる！
やりすぎくらいがちょうどいい。
自信があります！　比べてください。
大切なのは軟骨成分。
きのこまつり　えのき茸　ぶなしめじ　株とりなめこ
人の目によってじっくり観察。
夫婦で愛用しています。
写真はイメージです。

ときめきの駅前生活
カフェ／雑貨／お買い物
もう一度会いたくなる魔法。
９８円均一セール。
めっちゃお得な夜行バスで行こう！
いつでも一緒。
あなたの笑顔が力になります！
美味しいもの、こだわったものを集めました。

高機能モデルもお買い得！

私も愛用しています。

リビングにおすすめのスタンダードサイズ。

空室…。

誰かに管理して欲しいあなた。

お葬儀のことなら何でもお問い合わせください。

寝台車のみのご利用も可能です。

どのぐらい飲めばいいの？——

やさしい出会い

わたしをトイレに流さないでください
毎度ありがとうございます

夜とハサミ

料理が次々と運ばれてくる　母は執事のマサオカとできている　父は女中のマチコとできている　姉さんは家庭教師のアサクラとできている　夜になるとみんな別々の場所に行く　こんなに広い場所でぼくはひとりだ　人形を抱いている　人形はなんにも言わない　好きなようにする　人形をナホと呼ぶ　ナホは姉さんの名前だ　夜が分裂しながら広がっていく

腫瘍ですね　それも悪性の　切り取った方がいいでしょう

いや　やめて　もうだめ　やめてもいいの　いや　じゃあどうするの　もっとむちゃくちゃにして

ウニのようだと思った　切り取ったものを見せられて

犬の散歩？　この季節　夜中の散歩はつらいね　そう言えば今朝　雪が降ったらしいよ（母曰く）　そっちも降った？

路地裏の喫茶店に入る　メニューに〈特別室　コーヒー2500円〉というのがあって　それを注文したんだけれど　いくら待っても案内されない　店の子に言うと　もうここがそうですよと笑う　うしろで扉の閉まる音がする　窓のない白い部屋　医師がハサミを持って立っている　その横で看護婦がコーヒーを淹れている　それがサイフォンではなくって　点滴の容器なんだ　お待たせしましたと針を腕に刺そうとする　ミルクは？　と聞くと　医師がハサミで看護婦の胸の辺りを切っていく　切られたところからおっぱいがぷるんと飛び出す　そんな夢を見た　どう思う？

「白い部屋」「ハサミ」で調べたら　「別れを示す」って書いてた　えー　別れの暗示？（涙）　まあ夢だしね（笑）

旦那様はだいじょうぶ？　重たくはない？

明日はクリスマスイブ　イルミネ　きれいだったらいいね
うん　いっぱい楽しもうね

まだ誰も戻ってこない　庭が白くなってきた　積もるかな　ナホにも見える？
夜はハサミがいっぱい　切り取って次々ぼくに見せにくる　どのかけらも歪んでる　おかしくて　笑いそうになる

あひーじょ

お昼、久しぶりにパスタを食べたら晩ご飯もパスタやった。それもどっちもクリームスープ系。大好きなパスタやけど、さすがにちょっと胸やけがしてる。しばらくパスタはいらない。

さっき女子バレーを見てたら突然の大雨。テレビでは京都の警報が解除されましたって速報が出たばっかかで、もうこっちに来たかーって思った。あわてて2階3階の窓を閉めにまわった。でも15分もしたら止んだ。ただの通り雨?

今日は昼から兄がやってきた。特に用があるわけじゃなくお盆やしって。ようするに里帰り(笑)

うん、見た。5話目の話はよかった。涙が出たよ。名前も忘れてるような昔の同級生が突然浮浪者の格好で現れて、その人にあんなふうに一生懸命してあげられるかって思うと、わたしにはでけへんやろなあ。

Kのおいらくの恋（?）、あれはないわ。あの女、勝手すぎる。それに55になった男があんなにうろたえる？　でもいろいろ笑えるポイントがあっておもしろかった。こんなさみしいおっさん、いっぱいいるんやろなあ。妙にリアルなとこも。

もう痩せるところがないからちゃう?

今日は早番＋遅番の通し。お金にはなるけど、正直しんどかった。通しなんて4月以来やわ。金曜日ってこともあって夕方からは忙しかった。あー疲れた！

えーっ、そんなことあったん？　うん、むっちゃ気になる。

雰囲気のいいお店やね。大人な感じ(^^)　スペイン料理って食べたことないけど、どんなん？　アヒージョってなに？　と思って調べたら、ニンニクとオリーブオイルで煮たものって書いてた。おいしそう(^^)

うん、見たら興奮すると思う（笑）

とくに何ってわけじゃなく、掃除や洗濯、冷蔵庫の中の処分など。仕事の日は何もする気がしないから、今日はちょっとがんばった。ただおじいちゃんとふたりやと食べる量がしれてるから買い物には一度も行かず。あるものをがんばって食べてるけど、まだまだ残ってる。ゴーヤなんて自分が食べへんからどう料理していいのかわからへん。

出勤時には日が照ってて暑かった。今も暑い。汗が出る。少し吐き気も。もしかして……、そんなことないよね？

さっき5年後のことを書いたけど、5年と言わず、ずっとずっといっしょにおれたらなあって思う。

ありがとう！　最高にうれしい。見たとき涙があふれてきた。それにしても冗談きつすぎ！　さっきまですごく不安だったのにもう機嫌は直ってる（わたしって単純？　笑）

洗濯も終わり、今年の仕事はすべて終了。

外は今雨が降っています。
この雨に昨日のことを流してもらって、明日からはまた新たな気持ちで進みます。
どうか明日は晴れますように。

Ⅳ　歌のアルバム

歌のアルバム

9月

毎日　泣きながら暮らした
妹は
ろくでなしのチンピラと駆け落ちし
弟は借金取りに追われて
逃げ回っている
はらはらとテレビをつければ
岸壁に母がいて
日の丸なんぞ振っている
もしや、もしや、でもう70年

かっこわるいからやめてよ母さん
頼むのに
なんど頼んでも
すぐに岸壁へと向かう
その姿が　毎年テレビに映る
今ではすっかり有名人になっている
おかげでこちらまで
質問されることがある
「あなたがあのまだ帰ってこない息子さんですか」
黙って
その人を見ながら考える
ぼくは
どこへ帰ればいいんだろう

10月

マキさんの紹介で
面接試験を受けてみた
スーツを買って
ネイルもはがして
せいいっぱいネコをかぶって行ったのに
今日は感じが違うねと
笑われた
真ん中に坐ったおじさん
よく見たら
マキさんの隣でよく飲んでる人だった
うしろ姿を残し
大きなビルの表に出たら
キンモクセイが咲いていた
見えなくたって匂いだけで分かるのよ

いつかマキさんが言っていた

11月

風邪をひいて寝込んでいたら
彼女が見舞いにやってきた
スーパーで買ってきたという材料でおじやを作り
これを食べたら元気になるよ
愛がいっぱい詰まっているからね
と笑う
ひとくち食べたらまずかった
それでも　おいしい　と
言ったばっかりに
それから毎日

おじやを作りにやってきた
六畳一間のアパートで
あなたのやさしさが恐かった

12月

夜中
激しく咳き込んでいると
夜中に
激しく咳き込んでいた君のことが
よみがえってくる
大好きだったのに
とつぜん　逝ってしまったから
会えなくなった

今年もひとりきりのクリスマス・イブ
君の
笑っている写真の横に
今年も
買ってきたプレゼントを置いて
眠る
夜更け過ぎに
君は
雪へと変わる
そうして
ぼくの街に降りつもる
あたたかい真綿のフトンのように

1月

伯爵家の舞踏会
七年前の今日
ここで殺人事件が起きた
殺されたのは当主の伯爵で
犯人は下僕の穴田《あなだ》
夫人との密通がばれて犯行に及んだとされているが
夫人は黙して語らない
穴田も逃走したまま未だ行方が分からない
しかし今日
やつはきっとここに来る
「伯爵家で七年ぶりの舞踏会――令嬢（6）のお披露目も兼ね」
と新聞に報じられていたからだ
やつはこの記事を見て愕然としたに違いない
まさかあのとき夫人が身籠もっていたとは！　と

それが自分の子だと確信し
ひと目会いたさにきっと来る
もしかしたら
もうこの屋敷のどこかにいるかもしれない
大広間ではワルツが優雅に流れ
着飾った招待客らが楽しげに踊っている
七年前の事件も忘れたように

夫人はガラス戸越しに庭を見ている
外は雪が降っている
今夜は積もるかもしれない
（そう言えば、あの日も雪が降っていた）
すべてを覆い隠すように
（もしかしたら、あの日、あの下に……）

雪は降る

穴田は来ない

2月

あなたの決してお邪魔はしないから
なんて言いながら
カラスは今日も来て
ぼくの頭に止まっている
羽ばたきも
動きもしないから
邪魔にはなっていない
のかもしれない
が
気になる

ぼくの頭のどこがいいの
頭ならどの頭でもいっしょだろ

そう言うと
憤然として
わたしをそんな女だと思っていたの
と怒る
（女だったんだ、このカラス……）

ごめん
と　あやまってはみたけれど
何か釈然としない

庭には梅の花がちらほら咲いて
ウグイスもどこかで鳴いている

春はもうすぐ
なのに
自分の頭の上にだけこんな黒い鳥がいて
何か釈然としない

3月

卒業して
それから会えなくなった
好きだったけど
いつもその二文字手前でためらった

春が過ぎ
ひとめぐりして

また春が来て

その
くりかえしの中で
泣きたいこともいっぱいあったけど
卒業アルバムを開いては
あなたのことを思い出していた

雲になりたいとあなたはよく言っていたけれど
もうなれたのかしら
わたしはあなたの空になりたかったけど
今は空どころか
靴底みたい

人ごみに流されて
すりへっていく　そんなわたしを

見られたくはないけれど……
会いたい
もう一度
空になりたいと思っていたころの
わたしに戻って

4月

遠い星からある日
ぼくに男の子がやってきた

こんにちは
って
ちゃんと挨拶もできるし

見た目も普通の男の子と変わらない
でもやっぱり
遠い星の人だから
会話がずれることもある

この丘の向こうには海があるんだよ
と言うと
うみって、おいしい？
なんて聞く
（この子の星には海がないんだろうか？）
まあいいか

それからいっしょに暮らし
散歩をしたり
遊園地へ行ったり
海へ行ったり

（このときはすごく驚いていたなあ）
朝には
日の差し込む台所から
君の歌う声が聞こえてきたりした

そんな
楽しい日々がずっと続いていくんだと思っていたのに
ある日
理由も告げず
君はぼくの前からとつぜん姿を消した
大好きだったのに
それっきり会えなくなった

　　うみって、おいしい？

そんな君の声が

今も　ときおりよみがえってくる

人ごみの中
思い出しては
涙があふれそうになるけれど
がまんして
にじんだ星を見ながら帰る

君のいない
ひとりぼっちの春

5月

つぶされもせず

健康にもめぐまれて
今日まで生きてきたけれど
あんまり長く生きすぎて
まわりには知り合いがひとりもいなくなった
近頃は
自分がなんなのか
わからなくなるときもある

もうそろそろいいか

そう言うと
ノミは　ネコの頭から飛びおりた

よろめく脚で縁側へ出ると
まぶゆいばかりのみどりと　空が
ひろがっていた

みんなどこへ行ったんだろう……

縁側にぽつんと坐ってノミは
小さな頭で考える

あのとき同じネコを見て
おいしそう　と言いあった友達も
もういない
すてきな想い出もいっぱいあったはずなのに
記憶はうすれ
今はもう
だあれもいない

6月

いつものように幕があき
出ていくと
客がひとりもいなかった
それでも始めるべきか
それともひとりでも来るのを待つべきか
はたまたさっさと引っ込むべきか
頭の中を川が流れる

あれは三年前
扉の閉まりかけた汽車に飛び乗って
（怒られた）
そうしてやっと
ここまで来たのに
どうしてこんなふうになったのか

雨の中
とぼとぼ駅へ向かって歩く
服も
こころも濡れて
まるで古い演歌のようだな　と
自分を笑えば
よけいに泣きたくなってきた

7月

海岸で若い二人がケンカをしていた
行って
つまらないからやめろと言う

おじさんだあれ？
おまえはケンジか
若い二人はわたしを笑う
それでも静かに
目を閉じて　胸を開いて
見せる
恥ずかしがり屋の二人は逃げていく
とりあえず事は収めたが
何だかむなしい
みんなの幸福ばかりを願ってきたのに
みんなはわたしを遠ざける
波が寄せては返し
ひょうたん島が遠くに見える
涙があふれて
かすんで見える

8月

線香花火がぽとりと落ちて
祭りは終わった
生きている人も
死んだ人も
静かに立ち去っていく

もしもできることなら
うすれていく君を
ポケットに入れて
このままつれて帰りたい
そんな
思いをとじて

生きている人たちといっしょに帰る

かき氷
金魚すくい
綿菓子
スマートボール
りんご飴

もっとここにいたいよ
と
むずかる　君の
声が
夏といっしょに
遠ざかっていく

【附記】本作はよく知られた流行歌の歌詞の一部を月毎の詩に埋め込んでいます。原曲が分かるでしょうか？　答は以下の通りです（曲名と歌手名）。

9月　「岸壁の母」二葉百合子
10月　「そんな女のひとりごと」増位山
11月　「神田川」かぐや姫
12月　「クリスマス・イブ」山下達郎
1月　「雪は降る」アダモ
2月　「なみだの操」殿様キングス
3月　「卒業写真」荒井由実（松任谷由実）
4月　「上を向いて歩こう」坂本九
5月　「あの素晴らしい愛をもう一度」加藤和彦・北山修
6月　「喝采」ちあきなおみ
7月　「チャコの海岸物語」サザンオールスターズ
8月　「心の旅」チューリップ

V

雨、みっつよつ

夏とわたし

今日はずっと詩を考えていた。

なんにも浮かばず
絵の中の
海を見ていた
夏の海
水平線がまっすぐ延びて
手前には
アサガオのつるとサルビアの花

人はひとりもいない

入っていくと
夏と
わたし
だけになる

○

ふたりで坐って
海を見ている
夏も　海も　いっぱい傷ついている
それなのに
何も語らない

かすかに波音だけがする
波音が胸を打つ
言葉にならない

○

ミューズは今どのあたりにいるのだろう
こんなに待っているのに
影さえ見えない

とりあえず

わたし　を
変換
渡しになった
まあいいか
このまま
このしわくちゃな岸辺から出ていこう

○

森へ行きましょうお嬢さん
歌いながら

やってきたのは狩人でした

ごめんなさい
知らない人についていっちゃダメ　って
お母さまに言われているの

ぼくは狩人
知ってるでしょ？

ええ

と答えてしまったばっかりに
ついていくことになりました

○

こんなに遠くまでやってきたけれど
どこまで行っても森ばかり
帰り道がわからない
狩人さんもわからない
おなかがへって
ふたりで木の実を食べました

○

森のクマさん
あなたはどうしてそんなに陽気なの
陽気ってなあに?

○

未熟だと思ってた
分かっていながら食べていた
熟すまで
待ちきれなくて

だから
こんなふうになったのかしら

○

わたしは私を思う
深い森へ行った私を思う
私はわたしを思う
暗い川へこぎ出したわたしを思う

○

それから

長い長い旅を経て
ふたりは
海へと戻る

アサガオのつるがのび　サルビアの花がさく

絵の中の
夏の海へと戻る

雨、みっつよっつ

雨が
恋人になった
その日から傘がさせなくなった
わたしのことがきらいなの
って怒られるから

毎日
家にも来るようになった
本を読んでいても
雨
ごはんを食べていても

雨
寝ているときも
雨

どこにいても
びしょびしょの日々

恋人は楽しそうだけど

○

雨の王国には
雨の王様がいて
いつも頭に黒い雲をのっけている

王様が歩くと
雲もいっしょについてくる
王様は
王様なのに
いつもびしょぬれ

○

雨は　濡れることがないのだろうか

○

わたしはヤギが好き
ヤギといっしょに
高原の
しずかな村の道を歩いていると
わたしにも
幸福なときがあったんだ
と思えてくるの

今まで
幸福なときはなかったの？

雨だもの
降ったらすぐに忘れちゃう
と
恋人は笑う

○

雨の粒が
ラグビーボールぐらいの大きさだったら
どうするだろう

足もとの
雨に打たれているアリを見て
ふっと
そんなことを考えた

痛い
だろうな　きっと

○

雨の王国には
雨の王様がいて
王様の誕生日には
一日だけ国じゅうが晴れる
青空の下
人々の楽しげな歌声が
隣の国にまでひびく

王様は
この日だけはどこにも出かけず
（出かけられず）
お城のてっぺんの暗い部屋にいて

本を読んだり
窓の外をながめたりしながら
過ごす
黒い雲を頭にのっけて
ひとりだけ
濡れながら

○

雨が降っている

子宮にも
あの日
雨は激しく降っていたのだろうか

○

冬になり
恋人は
ときどき雪になった
話しかけても
もう
あまり楽しそうではなくなった

ぼくもね
たった一度だけ　高原の
しずかな村の道を
ヤギといっしょに歩いたことがある

ヤギはすぐに
どこかへ行ってしまったけれど

ねえ　聞いてる?

………　…………………　……
………　…………………
………　…………………　…………
………　…………………　………

また
ヤギの夢でも見ているのかな

犬と歩けば

目の前を歩いている犬を見ていると
まるで死などないように思える
ただ歩いて
しっぽをふって
ときには走って
全身まるごと　生きていることだけで
できている

そこが
ニンゲンと　ちょっと
ちがうところかな

○

犬の生涯
人の生涯
ノミの生涯
どれも遠い所から見たら
きっと同じに見える
一瞬のうちに
始まって　終わる
悩んだり苦しんだりしていたことも
一瞬のわたしとともに
消えていく

口笛を吹くように
犬と歩けば

○

棒に当たる
この棒はどこから落ちてきたんだろう
見上げれば
ふかく青い空
あの向こうから
あやまって落としたひとのことを
考える

　この棒　何に使っていたのかなあ

○

犬と散歩をしていると
ときどき
とても遠い所にいるように思われることがある
空と
草木と
犬と
自分しか　いない国

○

犬にも道は分かる
帰っていく家も

○

空へ
風船があがっていくのを
こどもといっしょに見ていたことがある
赤い風船　という映画を
それよりずっと前
ひとりで

観たことがある
無声映画だったような気がするが
風船を追いかけながら
笑っていた少年の顔だけが　かすかに
記憶に残っている

思い出にはどれも
声がない

くりかえし　自分で
同じ字幕をつける

○

うれしいとき
犬も笑う

○

こどもが
生まれて最初に覚えたことばは
ママとワンワン

ぼくは
毎日
ママになったり
ワンワンになったり……

というような詩を書いたことがある

今は
こどものいた場所に
ワンワンがいる

○

犬は草むらが好き
そこにはいっぱいステキなものがあるようだ

○

道端にビー玉が落ちていた
ひろって
陽にかざすと
宝石みたいにひかる

○

春が来て
木々の芽もふくらんできた
まだ風は冷たいけれど
犬は

先へ先へと進む

あとがき

本書は前詩集『水の町』以降の作品と、内容上『水の町』への収録を見合わせた数編を集めて編んだ。全部で四十篇ほど。その中から質を基準に選別して残ったのが三十篇ほど。ここまでの作業はスムーズに進んだ。が、そのあとが大変だった。

目の前に並んだ詩篇を見ながら、途方に暮れた。これらをどんなふうにまとめればいいんだろうと。一冊に収めるには個々の内容や形式にバラツキがありすぎた。頭を抱えつつ、まるでジグソーパズルでもするように、小さなピース（作品）をあっちへやったりこっちへやったり。そんなくりかえしの末に、何とか五つの章に分けることで落ち着いた。

それにしても、なぜこのようなことになったのだろう。

これまでの詩集でも、何通りかパターンの違う詩が混じっていることはあった。しかし、今回ほどバラツキの多い詩集はない。それは見方を変えれば、前詩集以降、さまざまな表現法を模索してきた結果であるとも言えるのだが。

詩の内容と形式は連動している。ラーメンにはどんぶり鉢が適しているが、京風の会席料理にどんぶり鉢は似合わない。料理にはそれぞれ適した器がある。それを無視したら、せっかくの料理も台無しになる。それと同様、詩にも内容に合わせた器が必要となる。

本書が多様な形式の混在となったのは、それだけたくさんの器を必要とする料理（思い）がこの五、六年、自分の中に少しずつ堆積してきていたからだろう。

メニューを開くと、不安や苦汁、江呂須といった名前が並ぶ。

どの料理も暗い。

注文すると、老いた店主が黙ってうなずく。

夜とぼくとベンジャミンだけが住んでいる街の、路地裏に、ひっそりと、そんなレストランがある。

二〇一七年　春の終わりに　　高階杞一

初出一覧

Ⅰ　土下座の後で		
山吹	交野が原　82号	二〇一七年四月一日
大儀	ガーネット　VOL.75	二〇一五年三月一日
鶯	別冊　詩の発見　第16号	二〇一七年三月二十二日
土下座の後で	ガーネット　VOL.66	二〇一二年三月一日
未練	交野が原　75号	二〇一三年九月一日
Ⅱ　夜とぼくとベンジャミン		
清水さん	交野が原　81号	二〇一六年九月一日
先生の花	びーぐる　26号	二〇一五年一月二十日
収穫祭	櫻尺　40号	二〇一四年九月三十日
夜の訪問者	別冊　詩の発見　第15号	二〇一六年三月二十三日
真夜中に	びーぐる　25号	二〇一四年十月二十日
夜とぼくとベンジャミン	つばさ　14号	二〇一六年八月一日
Ⅲ　わたしを流さないで		
浴室の歌	アンソロジー『現代詩100周年』	二〇一五年十月二十五日
わたしを流さないで	ガーネット　VOL.69	二〇一三年三月一日

夜とハサミ　ＰＯ　155号　二〇一四年十一月二十日
あひーじょ（「雨になる日」を改題）　ココア共和国　16号　二〇一四年十一月一日

Ⅳ　歌のアルバム

9月～12月　ガーネット　VOL.77　二〇一五年十一月一日
1月～4月　ガーネット　VOL.78　二〇一六年三月一日
5月～8月　ガーネット　VOL.79　二〇一六年七月一日

Ⅴ　雨、みっつよっつ

夏とわたし　ガーネット　VOL.76　二〇一五年七月一日
雨、みっつよっつ　ガーネット　VOL.80　二〇一六年十一月一日
犬と歩けば　ガーネット　VOL.81　二〇一七年三月一日

既刊著書

詩集

『漠』　青髭社　一九八〇年
『さよなら』　鳥影社　一九八三年
『キリンの洗濯』　あざみ書房　一九八九年
『星に唄おう』　思潮社　一九九三年
『早く家《うち》へ帰りたい』　偕成社　一九九五年（二〇一三年　夏葉社より復刊）
『春'ing』（はりんぐ）　思潮社　一九九七年
『夜にいっぱいやってくる』　思潮社　一九九九年
『空への質問』　大日本図書　一九九九年
『ティッシュの鉄人』　詩学社　二〇〇三年
『高階杞一詩集』　砂子屋書房　二〇〇四年
『桃の花』　砂子屋書房　二〇〇五年
『雲の映る道』　澪標　二〇〇八年
『いつか別れの日のために』　澪標　二〇一二年
『千鶴さんの脚』　澪標　二〇一四年
『水の町』　澪標　二〇一五年
『高階杞一詩集』（ハルキ文庫）　角川春樹事務所　二〇一五年

散文集

『詩歌の植物　アカシアはアカシアか?』　澪標　二〇一七年

共編著

『スポーツ詩集』（川崎洋・高階杞一・藤富保男）　花神社　一九九七年

夜とぼくとベンジャミン

二〇一七年七月二〇日発行

著　者　高階杞一
発行者　松村信人
発行所　澪　標《みおつくし》
大阪市中央区内平野町二‐三‐十一‐二〇三
TEL　〇六‐六九四四‐〇八六九
FAX　〇六‐六九四四‐〇六〇〇
振替　〇〇九七〇‐三‐七二五〇六
印刷製本　亜細亜印刷株式会社
DTP　山響堂 pro.